I0546421

ALZEDA,

TRAGÉDIE,

EN TROIS ACTES ET EN PROSE,

FAIT HISTORIQUE,

TIRÉ DES ANECDOTES DE LA COUR DE PERSE,

RÉDACTION LIBRE.

PAR J. J. GALLOIX,

AUTEUR DU BON MARI,

COMÉDIE EN TROIS ACTES.

A AVIGNON,

Chez ALPHONSE BERENGUIER, Imprimeur-Libraire,
vis-à-vis le Lycée.

1813.

ACTEURS.

SOLIMAN, Empereur.

ZULIMA, Sultanne favorite, mére d'Alzéda et d'Orestan.

ROXELANE, Autre Sultane, mére d'Achmet.

ACHMET, Prince, fils de Soliman et de Roxelane.

ALZEDA, Premiere esclave de Roxelane.

ORESTAN, Premiere esclave, attachée au service du Sultan.

ZOMAR, Gouverneur des Pages.

ADRAMIR, Chef des Eunuques.

OSANAM, Confident de Zomar.

OSAN, Messager.

La Scene est à Constantinople dans le Palais du Grand Seigneur.

Le théâtre représente un sallon, une entrée ouverte de chaque côté.

AVERTISSEMENT.

On doit s'attendre de trouver ici les expressions religieuses qui tiennent aux mœurs des Orientaux, la nature de leurs dogmes, un ciel superbe, les dons à pleines mains d'une providence libérale, sont bien propres à donner à leurs pensées de l'élancement vers l'Être suprême : ces mouvemens pieux sont de puissans leviers de l'imagination ; le goût du siecle les a proscrits, quoiqu'ils ayent tant honoré Racine dans Esther et dans Athalie ; mais comment se permettre dans une rédaction historique une telle suppression, sans manquer à cette regle inviolable de l'art, que dans toute représentation dramatique, les mœurs doivent être bien gardées. Or, il est certain, que moins les usages d'un peuple sont connus, plus on exige de vérité de la part de l'historien dans ses tableaux. Les siecles se succedent et changent de goût, mais la regle doit être invariable.

ALZEDA,
TRAGÉDIE.

ACTE PREMIER.

SCENE PREMIERE.
ZOMAR, ORESTAN.
ZOMAR.

MON cher Orestan, j'ai désiré avoir avec vous un entretien, vous en saurez le sujet, je vous vois depuis quelque tems sombre et rêveur, l'aimable soutire n'est plus sur vos levres, de pénibles sentimens vous affectent, vous m'en faites un mystere. Croyez au vif intérêt que je prends à votre bonheur. J'étois déjà Gouverneur des Pages, lorsque dans votre âge tendre vous fûtes adopté par Soliman, qui me conféra le soin de votre éducation. Les années, le plaisir que j'ai mis à remplir cette tâche ont cimenté de plus en plus pour vous mon attachement, me refuseriez-vous la douce satisfaction de verser sur votre cœur le baume adoucissant de l'amitié. Ne mériterois-je pas votre confiance ?

ORESTAN.

Ma confiance, ah ! elle vous est acquise à tant de titres, ne voyez dans ma retenue qu'un sentiment qui vous honore.

ZOMAR.

Puis - je être le témoin impassible d'une tristesse que vous ne pouvez déguiser ? Quand je connoîtrai vos peines, je pourrai en les partageant, en diminuer le poids.

ORESTAN.

Comment résister à l'ascendant de vos bontés. J'implore votre tendre indulgence, je vais vous faire ma confession ; l'amour, oui l'amour, mon cher Zomar possede tout mon être.

ALZEDA,

ZOMAR.

Vous aimez, je vous plains de toute mon ame; cher ami, les flammes de l'amour sont perfides et ses conseils sont orageux, fortuné peut se dire le mortel qui ne paye pas du repos de toute sa vie le fragile bonheur de s'être livré aux séduisantes illusions qui vous captivent, craindriez - vous de m'en faire connoître l'objet.

ORESTAN.

Ah ! Zomar, est - on le maître de son cœur, le premier sentiment de l'amour qui épuise l'ame n'est-il pas céleste ? Sa beauté personnifiée avec la vertu, ne mérite-t-elle pas nos hommages ? Alzeda possede au suprême degré ces précieux dons du ciel !

ZOMAR.

Ignorez-vous qu'Alzeda quoique revêtue de distinction dans la premiere place de service auprès de la Sultane, est destinée à un éternel esclavage ?

ORESTAN.

Les rares présens que lui a prodigués la nature, triompheront tôt ou tard des injustices du sort ; mais moi malheureux quel peut être mon espoir, l'éclat de mes vêtemens m'ôte-t-il le sentiment du poids de ma chaîne ? Dès notre aurore Alzeda et moi fûmes associés au même sort, le plaisir de se voir d'être ensemble, donna naissance à un penchant qui devança la raison, nos cœurs nourrissoient en paix leur innocente ardeur, tout amour vient du ciel ; mais un autre tourment ajoute à mon malheur.

ZOMAR.

Achevez, je vous écoute.

ORESTAN.

Achmet, le fils du Sultan aime Alzeda, amoureux sans tendresse, et sans art de plaire, il ne peut me faire ombrage ; mais jaloux de mon bonheur, la vengeance l'occupe, il la médite, son empire sur le cœur de la Sultane Roxelane sa mere agrandit son pouvoir. J'entends l'orage qui gronde sur ma tête. J'ai de noirs pressentimens, mais quel rayon d'espoir frappe mes yeux, je vois briller dans les vôtres un mouvement propice.

ZOMAR.

Plût à Dieu qu'il fut en ma puissance ; mais hélas !
(*il soupire.*)

ORESTAN.

Quoi ! vous soupirez ? Ne puis - je donc dans mon
infortune aspirer à aucune consolation ?

ZOMAR,) *à part.*)

J'ai connu trop tard les progrès de cette passion.
(*haut.*) Un pouvoir invincible s'oppose à vos vœux.

ORESTAN.

De grace ! éclaircissez ce sinistre mystere.

ZOMAR.

Je trahirois l'amitié, si je gardois un coupable silence. Je dois vous le dire, votre douleur n'est pas à
son comble ; rassemblez toutes les forces de votre ame
pour entendre la confidence, que je suis forcé de vous
faire.

ORESTAN.

Ah ! parlez, parlez ! je vous en conjure !

ZOMAR.

Il est temps qu'à vos yeux le voile se déchire, apprenez donc, apprenez : que le sang d'Alzeda coule
dans vos veines, elle est votre sœur.

ORESTAN.

Arrête ! que dis-tu ? Alzeda ma sœur ! ai-je bien entendu ? (*avec douleur.*) Ah ! Zomar ! vous m'arrachez
la vie.

ZOMAR.

Prenez courage, c'est l'intérêt de la vérité qui
m'anime. Alzeda est votre sœur, vous devez l'un et
l'autre le jour au Sultan et à la Sultane Zulima ; tous
les deux ignorent ce secret, j'en suis seul au monde
le dépositaire.

ORESTAN.

Oh ciel ! seroit-il possible ?

ZOMAR.

N'en doutez point : cette prédilection qu'ils vous ont
toujours témoignée doit être sans doute attribuée à
une sympathie du sang.

ORESTAN, (*avec douleur.*)

Je frémis ! ô sort cruel ! que ne m'as-tu fait naître
dans l'état d'esclave ? Le sceptre et tout l'éclat qui
l'environne ne sont rien à mes yeux sans Alzeda.

ALZEDA,
ZOMAR.

Suspendez pour quelques instans l'excès de votre douleur, le récit que j'ai à vous faire exige du recueil-
lement. Ecoutez-moi avec attention. Deux ans après
la naissance d'Achmet, fils de Roxelane, Soliman vit
Zulima votre mere, fille d'un grand Prince ; elle étoit
dans sa premiere jeunesse, il en fut épris, et l'épousa.
Les deux Sultanes partagerent également le cœur du
Sultan, il aima la douceur de l'une et de l'autre, les
talens et la culture de l'esprit. Par cet hymen, les
destinés préparoient vos malheurs ; Roxelane s'étoit
rendue nécessaire à la vie sédentaire et ennuyée du
Sultan ; mais le caractere ambitieux de cette Sultane
donnoit de vives inquiétudes à Soliman. Il me confia
le soin de soustraire à la jalouse fureur de Roxelane,
vous et Alzeda qui êtes les fruits de son nouvel hymen. La conservation de deux intéressantes créatures,
la confiance de Soliman, votre enfance, ses charmes,
tout parloit à mon cœur ; je me déterminai pour votre sûreté à répandre à différentes époques le bruit
de la mort de l'un et de l'autre. Des raisons dont
vous serez instruit me firent un devoir de ne point
mettre le Sultan dans le secret, la douleur et les larmes de Zulima persuaderent Roxelane de votre décès.
Dès que vous fûtes hors de la premiere enfance, je
pensai de vous rapprocher des auteurs de vos jours,
en attendant une circonstance favorable pour vous les
faire connoître. Un riche marchand d'esclaves servit à
mes projets, il se chargea de vous présenter tous
deux au palais. Le Sultan, saisi à votre aspect d'un
vif sentiment de tendresse, en vous acceptant, vous
destina au service intime et honorable de sa personne.
Alzeda pétrie de grâces fut agréée dans le même but
par Roxelane. Voilà mon Prince, les événemens au
secret desquels vous devez la consesvation de vos jours.

ORESTAN.

Ah ! trop généreux ami ! pourquoi avez-vous enlevé
à l'ambitieuse Rolexane des victimes que sa cruauté
déroboit à jamais aux persécutions du sort ? Je ne
vois dans l'avenir qu'un sort épouvantable, l'amour
a enfoncé dans mon sein tous ses poignards, une af-
freuse tempête y gronde pour toujours.

ZOMAR, (*d'un ton consolateur.*)

Vous aiguisez le trait qui vous perce le cœur, ce n'est point ainsi qu'on obtient la victoire ; que le sentiment de votre naissance triomphe de votre coupable ivresse.

ORESTAN.

Eh ! donnez-m'en la force cher Zomar, avez-vous éprouvé le charme de l'amour, ses horribles combats, son pouvoir invincible ? Puis-je vaincre l'amour et penser à Alzeda ?

ZOMAR.

La tendre amitié qui est toujours sincere ; vous découvre l'abyme entr'ouvert sous vos pas, votre fatal penchant ne m'avoit point échappé ; de justes alarmes m'ont obligé de vous arrêter sur le précipice. Alzeda est déjà instruite par une lettre de toutes les particularités de ce mystere, et Zulima qui vous aime l'un et l'autre, comme si elle vous connoissoit pour ses enfans sera dans la confidence au moment convenable, votre propre intérêt vous prescrit le plus grand secret.

ORESTAN.

Mon ame est en proie à tous les déchiremens.

ZOMAR, (*avec un ton pénétré.*)

Ecoutez donc le cri de la nature, sa voix vous dit qu'elle ne peut rien céder à l'amour.

(*Orestan sort.*)

_____

SCENE II.

ZOMAR, (*seul.*)

(*Il tire un billet de sa poche et lit.*)

« UNE personne qui vous honore infiniment, pas» sera à onze heures au Divan, elle desire de vous y » rencontrer. »

Il est déjà plus que l'heure indiquée dans ce billet. Je crois reconnoître l'écriture d'Alzeda ; j'entrevois le saisissement où l'aura jetée ma lettre. C'est elle-même : La voici !

SCENE III.

ALZEDA, ZOMAR.

ALZEDA.

PARDONNEZ Zomar, je vous ai fait attendre. Juste ciel qu'ai-je appris dans votre lettre. Orestan mon frere, quel tumulte de sentimens divers agitent mes esprits. Vous le dirai-je, une inspiration secrete, qu'en vain je repousse me dit que vous pouvez avoir été trompé, le sang peut-il mentir, n'eussai-je pas éprouvé quelques pressentimens.

ZOMAR.

Je partage madame bien sincerement votre perplexité. Orestan est votre frere, rien au monde n'est plus vrai, l'impérieuse nécessité m'a arraché cet aveu. Vos doutes sont dans la nature des choses, l'esprit adopte toujours avec complaisance une erreur quel e cœur chérit ; mais j'ai cette juste confiance que vous reprendrez sur vous-même cet empire qui met le prix à la beauté, et qui en est le plus riche apanage.

ALZEDA.

La persuasion coule de vos levres, les bienfaits dont vous avez comblé notre enfance sont gravés dans mon cœur, je ne cesserai jamais d'en être digne.

ZOMAR.

Remettons je vous prie cet entretien que je ne puis prolonger dans ce moment. (*Il sort.*)

SCENE IV.

ALZEDA, (*seule.*)

INFLEXIBLE voix de la nature quel sacrifice exige-tu de ta victime, je te demande en pleurs de m'ôter un amour que le sang reprouve, ce miracle seroit-il impossible, les cieux et la terre obéissent à tes lois, mon ame implore ton secours, et invoque ta toute-puissance, détruis cet attrait, cet invincible ascendant qui m'entraîne ; ce n'est point le spectacle ravissant du soleil et de la nature, ce n'est point l'éclat des vanités de ce monde qui me font aimer la vie ; mais vous sentimens avec lesquels mon âme sympatise ; amour, amitié, délices du cœur, charme inconcevable, c'est vous que je regrette : Voici Orestan, mon émotion est extrême : Vertu inspire moi la fermeté.

S C E N E V.

A L Z E D A, O R E S T A N.

(Ils sont tous les deux dans l'attitude d'une profonde douleur, après un moment de silence.)

Vous gardez le silence Alzeda ! mon ame en lutte avec le désespoir attend des consolations de vos sublimes vertus. Destin cruel ! vous êtes jaloux du bonheur des humains. Une vie qui n'avoit de prix que dans le sentiment qui remplissoit mon cœur, est devenue pour moi un insupportable fardeau.

A L Z E D A.

Les espérances flatteuses que vous placez dans mes propres forces, me dictent les sacrifices que m'impose la loi du devoir, elle m'éleve au-dessus de moi-même, elle me donne des armes contre mon propre cœur.

O R E S T A N.

Ah ! Alzeda ! vous agravez-ma douleur.

A L Z E D A.

Croyez Orestan que la mienne est égale à la vôtre, elle a besoin des mêmes secours ; mais, mon frere ! n'en attendons que de notre résignation, il faut se soumettre au destin quand on veut le rendre propice, et si Alzeda ne peut se promettre de fortifier votre ame, en vous montrant moins d'accablement que vous n'en éprouvez vous-même ; qu'elle vous donne au moins l'exemple d'étouffer dans votre cœur un coupable murmure.

O R E S T A N.

Cruelle vous le pouvez, vous qui avez la constance de prononcer un nom qui me glace le sang dans les veines, et qui ne sortira jamais de ma bouche. Oui, Alzeda, si le sort a décidé que je sois votre frere, le sentiment qui me maîtrise, m'impose la douce loi de vous adorer jusques au tombeau ; le nom que vous me donnez ne flétrit point vos charmes, et l'espoir qui m'est ravi, ne peut m'arracher mon amour.

ALZEDA.

Funeste sympathie de deux cœurs que le ciel ne destinoit point l'un pour l'autre, rien peut-il justifier ce que le sang désavoue ?

ORESTAN.

Tous les secours de ma raison ont-ils le pouvoir d'éteindre une flamme qui est votre ouvrage. Ah, chere Alzeda ! si j'étois aimé comme vous l'êtes, la fatale confidence que vous a fait Zomar qui ne porte point avec soi le sceau de la conviction, produiroit-elle dans votre cœur un aussi prompt changement ?

ALZEDA, (*avec dignité.*)

Ah, cruel ! vos reproches manquoient à ma douleur, tandis que je concentre mes larmes, de crainte d'irriter vos plaies, vous avez la cruauté de vouloir m'arracher un aveu, que je voudrois me cacher à moi-même, et qui n'ajoute rien à la préférence que vous avez obtenue sur le plus brillant hommage de l'empire ! si Alzeda vous est chere, osez l'imiter, faites des efforts pour vous surmonter, méritons notre estime à nos propres regards, soyez digne des pleurs que vous allez me coûter, chacun de vos soupirs est un trait qui me perce le cœur. Voici Achmet qui porte ici ses pas.

———————————

SCENE VI.

ORESTAN, ALZEDA, ACHMET.

ORESTAN, *s'inclinant, sort par convenance pour le Prince.*

———————————

SCENE VII.

ACHMET, ALZEDA.

ACHMET.

MON abord, Madame ! vous dérange peut-être ? Je serois fâché....

ALZEDA.

Point du tout, Seigneur !

ACHMET.

ACHMET.

Je viens belle et trop aimable Alzeda ! lire dans vos yeux ma destinée. Rejetterez-vous toujonrs , les vœux d'Achmet ? Vous connoissez l'empire de vos charmes sur mon cœur. Il faut enfin que vous voyez mon ame à découvert ; je vous aime Madame , et je mets à vos pieds , ma fortune , mon rang et mes espérances.

ALZEDA.

Prince vos offres sont grandes autant que généreuses, je connois toute la reconoissance quelles méritent. Mais souffrez avec bonté que ce sentiment soit le seul tribut que je puisse vous offrir. Votre rang, Seigneur ! me fait un devoir de vous parler avec la plus grande franchise.

ACHMET.

Vous êtes faites pour être heureuse Alzeda ! mépriseriez-vous le bonheur que je vous présente ? le fils de l'Empereur du Croissant , vous veut élever jusqu'à lui.

ALZEDA.

Seigneur , le cœur d'Alzeda ne soupira jamais pour les grandeurs , me feriez-vous un crime de ne point entrevoir le bonheur dans leurs brillantes prérogatives ? Il est vrai que rien ne paroît au monde plus beau qu'une couronne ; mais, hélas ! qui ne sait pas que trop souvent la fortune semblable à l'éclair , finit à l'instant même de son plus grand éclat. Pardonnez avec bonté , si je suis obligée de vous quitter. (*Elle sort.*)

SCENE VIII.

ACHMET, (seul.)

CRUELLE tu braves mon ressentiment , tu l'aigris : toutes mes offres reçoivent d'humilians refus ! ç'en est trop ! ..... l'impérieuse jalousie tyrannise mon cœur : irai-je aux pieds de l'ingrate implorer sa pitié ? Ame foible , abandonne-toi aux tortures du dépit , et de la rage ! non , j'assouvirai ma vengeance , la Sultane en sera l'aveugle instrument , je ferai passer dans son ame tout le feu de mon courroux ; ... mais quoi ? Un secret mouvement de pitié , je me sens attendri.... non ; je m'abuse, je serai vengé.

FIN DU PREMIER ACTE.

ACTE II.

SCENE PREMIERE.

ROXELANE, DEUX EUNUQUES.
ROXELANE.

CHER fils ! mon cœur saigne, mon sang bouillonne, (*s'adressant aux Esclaves.*) Allez promptement, faites venir Alzeda. (*Ils sortent.*)

SCENE II.
ROXELANE, (*seule.*)

TÉMÉRAIRE Orestan, ennemi du bonheur de mon fils ! son amour est devenu un outrage à ma tendresse, il est un crime au tribunal de ma toute-puissance, avant que les ombres de la nuit ayent couvert les tours du palais, tu seras proscrit, ou tu ne seras plus.

SCENE III.
ROXELANE, ALZEDA.
ROXELANE.

APPROCHEZ Alzeda ! me serois - je jamais attendue à vous voir écouter avec complaisance les discours séducteurs d'un esclave. Orestan abuse indignement des bontés du Sultan, jusqu'à s'enhardir dans cette enceinte sacrée au respect des humains, à porter dans votre jeune cœur le venin de la séduction.

ALZEDA.

O ciel ! Orestan un séducteur ! ai - je donc à redouter le calme de ma conscience ?

ROXELANE.

Elle vous fait illusion Alzeda, un jeune cœur est déjà séduit que la vertu combat encore, c'est par degrés qu'elle se perd, la votre est à son dernier période ; ma bienfaisance vous portoit à une haute destinée, mais votre funeste penchant traverse tous mes desseins. Orestan sera proscrit. Quant à vous n'espérez plus rien des brillans avantages de la protection du trône.

ALZEDA.

Je dois à votre grandeur le sacrifice de mon amour propre, mais non pas celui de mon honneur, permettez-moi de vous déclarer que je n'ai point à rougir de mes sentimens, ils sont aussi purs que la lumiere du jour qui nous éclaire. Le choix de mon cœur ne dégrade pas mon ame, elle s'est toujours montrée supérieure à l'état où le sort m'a placée.

ROXELANE.

Vous oubliez Alzeda, qui je suis et ce que vous êtes, votre téméraire hauteur n'excite que ma pitié.

ALZEDA.

Je suis votre esclave, je le sais; mais la nature de mes goûts s'accorde peu avec l'abaissement, la révolte de mon cœur contre l'oppression, m'a toujours fait présumer que ma naissance n'étoit pas si obscure qu'il étoit permis de le penser.

ROXELANE, (avec ironie.)

L'illustre origine d'Orestan a sûrement fait germer en toi cette fierté.

ALZEDA.

Orestan, possede des vertus qui anoblissent tous les sentimens qu'il inspire.

ROXELANE.

Chimeres, ma fille, qui te possedent un cœur ouvert à l'amour cherche à s'égarer. Je te plains de perdre en un seul jour un amant d'un rare mérite, et l'espoir de le revoir jamais. Ta présence excite ma colere, qu'un voile épais te dérobe pour toujours à mes yeux. (Elle sort.)

SCENE IV.

ALZEDA, (seule.)

PUISSANCE céleste ne m'abandonne pas. Ah ! quel affreux supplice ? connoître ses parens, les voir, leur parler et n'oser prononcer les noms les plus sacrés, les plus chers aux mortels.... mere tendrement aimée!.... la voici, comment pourrai-je lui cacher les élans de mon cœur.

SCENE V.

ALZEDA, ZULIMA.

ZULIMA.

QUE vois-je, des pleurs ? Qui peut donc affliger la

bonne, la vertueuse Alzeda ? apprends-moi tes chagrins ne retient point tes larmes.

ZULIMA.

Grande Reine, je la retrouve dans votre cœur cette tendre humanité qu'un cruel destin a bannie de ces lieux; le mien est plein d'angoisses, mes réflexions sont remplies de funestes présages. Vous le dirai-je ? l'idolâtre dévouement de la Sultane Roxelane pour son fils, me fait éprouver de sa part les rigueurs les plus outrageantes.

ZULIMA.

Chere Alzeda, explique-toi.

ALZEDA.

Mon indifférence pour les hommages d'Achmet, les sentimens d'Orestan pour moi, voilà mes crimes à ses yeux courroucés, elle suppose gratuitement des vues perfides à Orestan pour opérer sa disgrace ; le fiel qui distille de ses levres compromet ma réputation ; celle de notre sexe, vous le savez grande Reine, est une fleur si délicate qu'un souffle suffit pour la ternir.

ZULIMA.

Tes droits à mon estime autant que l'intérêt que tu m'inspire doivent te rassurer. Puis-je te voir coupable dans un sentiment de préférence que regle la vertu ? Les excès de la tyrannie de Roxelane sont les artisans précurseurs de sa chute, l'impunité du méchant est de courte durée, il forge de ses propres mains les fers qui feront son supplice. Voyons que puis-je faire sur l'heure qui vous soit le plus secourable.

ALZEDA.

Grande Reine, votre compatissante bienfaisance vous rend chere au monde, et agréable à l'Être-suprême.

ZULIMA.

Qui ne vit que pour soi n'auroit jamais du naître.

ALZEDA.

J'accepte avec une vive sensibilité l'offre généreuse que vous daignez me faire ; à ce moment je n'ose rien confier au papier, et je brûle d'impatience d'instruire Orestan des funestes projets de la Sultane, afin qu'il se fasse à tems un appui de Zomar.

ZULIMA.

Je vais sur le champ mander Orestan, (*elle s'approche d'un secrétaire et écrit un billet,*) que le ciel protecteur de l'innocence ne vous abandonne pas, vous n'avez rien perdu, la vertu vous reste. Plus l'orage est terrible, moins il peut durer.

ALZEDA.

Que la divine bonté dont vous êtes l'image, répande sur vos jours la paix et le bonheur. (*Trois esclaves entrent portant deux Ottomanes et un tapis de parquet,*) Roxelane reçoit une visite, voilà ses esclaves éloignons-nous. (*Les esclaves étendent le tapis.*)

ZULIMA, (*qui sort avec Alzeda.*)

Orestan recevra dans un instant ce billet.

SCENE VI.

ROXELAE, (*entrant d'un autre côté.*)

INGRATE Alzeda ! tu avois toutes mes affections ; mais elles font place dans mon cœur à une haine implacable, je dois à mon fils, à ce cher fils ce déchirant sacrfice, et je punirai ainsi que toi le téméraire qui a osé provoquer mon indignation. Votre amour trouvera son tombeau dans le supplice de l'éternité qui va vous séparer. Le Sultan ne doit pas tarder, j'espere tout de mon ascendant sur mon esprit, (*elle se place dans un ottomane devant laquelle est une table où sont des livres et un écritoire, elle prend un livre, et se leve peu de temps après.*) Je ne puis lire, ce retardement me surprend, je lui envoyerai deux lignes. (*Elle écrit la lettre, la cachette et la remettant à un esclave.*) Porte ce billet à Soliman, (*il sort.*)

SCENE VII.

ROXELANE.

(*Elle voit un esclave passer dans le fond du théâtre.*)

OSAN, où vas-tu ? quelle lettre portes-tu là ?

L'ESCLAVE.

Je cherche Orestan.

ROXELANE.

(*s'approche, elle lui ôte la lettre et lit.*) à Orestan. (*Elle garde la lettre et lui dit,*) maintenant tu peux te retirer.

L'ESCLAVE.

O malheur ! quelle excuse, donnerai-je ? que j'ai perdu la lettre.

(*Il sort avec les marques d'une profonde tristesse.*)

S C E N E VIII.

R O X E L A N E, seule.

(*Elle ouvre la lettre précipitamment*) c'est l'écriture de *Zulima. (Elle lit.)*

« ORESTAN , j'ai bien des choses à vous dire, rendez-
» vous sur le champ au second pavillon. » Zulima une
perfide ! un commerce criminel avec Orestan ! ô jour
fortuné ! quel bonheur cette lettre me présage ! enfin je
triomphe ! tu ne le posséderas plus , le cœur du Sultan
que tu m'as ravi. (*Frappant sur la lettre.*) Je te précipi-
terai dans l'abyme. Ah ! voici Soliman. Je brûle de lui
apprendre. . . . son orgueil ne verra ici que le crime.

S C E N E IX.

R O X E L A N E, S O L I M A N.

S O L I M A N.

QUOI ! Roxelane , vous me paroissez singuliérement
pensive.

R O X E L A N E.

Oui , Soliman ; je suis profondément affectée.

S O L I M A N.

Quel en est le sujet ?

R O X E L A N E.

Pour l'amour de vous - même , de grâce dispensez-
moi. . . . . ma langue se refuse.

S O L I M A N.

Roxelane , parlez , je l'exige.

R O X E L A N E.

Je crains de vous déplaire.

S O L I M A N.

N'hésitez point , dites - moi ouvertement de quoi il
s'agit.

R O X E L A N E.

Eh ! bien , vous le voulez , j'obéis ; si l'intérêt de votre
gloire , ne m'étoit pas aussi cher , pourrois - je me ré-
soudre à vous affliger ? Mais , Seigneur , votre honneur
est offensé. Quelles que puissent être les suites de la confidence que je vais vous faire , aucune considération ne
doit m'arrêter. Apprenez que Zulima vous est infidele ,
Orestan pour qui vous avez les bontés d'un pere est son
complice.

SOLIMAN, (*avec dignité.*)

Rendez grâces à l'amitié qui vous parle par ma bouche. Si tout autre que vous avoit la témérité d'accuser Zulima.... mais, que dis-je ? Vous - même, osez-vous bien me présenter ce poison répandu inconsidérement sur une vie digne des plus grands éloges ? Madame, les conjectures hasardées me sont odieuses, sur la terre, il est quelques vertus ; mon cœur aime à juger par lui-même du reste des humains.

ROXELAME, (*lui présente la lettre.*)

Lisez ! le hasard a fait tomber cet écrit dans mes mains.

SOLIMAN, (*lit.*)

Dois-je en croire mes yeux ? l'écriture de Zulima, je n'en puis douter. (*Il fait un geste de douleur.*) ô comble d'atrocité ! abuser de l'entiere liberté dont je la crois digne. Ah ! sexe perfide et cher ? sur qui la nature prodigue des dons si dangereux, faut - il que la laideur du vice, se cache sous les attraits de la vertu ? Peut-on être, à ce point, calme, coupable, et vile avec grandeur ? Vous mourrez, oui, vous mourrez, votre sang expiera vos forfaits ! l'un est un serpent que j'ai nourri dans mon sein, l'autre une ingrate que j'ai trop aimé.

ROXELANE.

Je crois qu'il ne faut pas ébruiter cette affaire. Les conséquences l'exigeroient.

SOLIMAN.

Eh ! bien, leur mort sera tenue secrete, qui m'eut dit que cet Orestan dont le service me fut toujours si agréable. . . . . . je ne sais, une voix intérieure tour-à-tour me peine et me souleve.

ROXELANE.

Redoutez, Seigneur, ces mouvemens de pitié, ils vous trompent. Vous connoissez le reproche que l'on fait à la nature de ce gouvernement. Un manque de force et d'appui dans le trône, par conséquent tout acte d'indulgence ou de foiblesse dans le souverain, est un éveil à l'insubordination. On l'a vue dans divers événemens de ce Palais s'étendre, s'emparer des esprits avec la rapidité que se propage l'éclair dans le firmament ; faut - il s'en étonner, toutes les créatures vivantes apportent avec la vie l'amour de l'indépendance : on a dit qu'une étincelle suffit pour produire un incendie ; convenez Seigneur, que l'histoire de nos Empereurs, vous donne

de terribles leçons de cette vérité : laissons donc le passé
nous instruire de l'avenir.

SOLIMAN.

Vos observations sont justes. Les ténebres d'une profonde nuit vont ensevelir leur forfait.   (il sort.)

SCENE X.

ROXELANE, seule.

LE ciel m'est propice , quel contentement pour Achmet : le voici fort à propos.

SCENE XI.

ROXELANE, ACHMET.

ROXELANE.

MON fils , partage ma joie ! une heureuse découverte,
me rend ce jour un des plus brillans de ma vie.

ACHMET.

De grâce , Madame , expliquez-moi cette énigme.

ROXELANE.

Une lettre du Zulima , à Orestan est tombée entre
mes mains ; lis , vois tous les caracteres d'une coupable
intelligence.

ACHMET , (après avoir lu.)

Pardonnez, Madame , il me semble que la conséquence que vous tirez du contenu de ce billet n'est pas
exacte.

ROXELANE.

Que dis-tu ? aux yeux du Sultan et aux miens, Zulima
est coupable.

ACHMET.

Permettez que je vous représente que ces lignes laissent présumer des affaires secrettes , mais non pas répréhensibles , de grâce ne prématurez pas dans l'esprit du
Sultan , un courroux qui seroit aussi impétueux que sa
fierté est extrême.

ROXELANE.

Ecoutez mon fils , je suis Reine , jalouse de mes droits,
quand j'ai prononcé les objections m'offensent , l'on ne
peut contester ici l'évidence d'une intimité criminelle.

ACHMET.

Je suis au désespoir, Madame , de n'être pas de votre
avis , ma résistance vous honore et vous sert , je vais
faire mes efforts pour me procurer des lumieres à ce
sujet. (Il sort.)   SCENE

SCENE XII.

ROXELANE, SOLIMAN, ADRAMIR.

(*Roxelane de l'enfoncement du théâtre, sans être apperçue prête l'oreille.*)

SOLIMAN.

MINISTRE de mes lois, je t'ai fait venir, pour t'apprendre le crime dont se sont rendus coupables Zulima et Orestan, et pour t'intimer l'arrêt de leur mort.

ADRAMIR.

Je suis aux ordres de votre grandeur.

SOLIMAN.

Zulima est coupable d'une intelligence secrette avec Orestan, j'en ai des preuves certaines, dans une lettre de sa main, mon indignation est à son comble, leur sang ne suffit pas pour expier l'énormité de leur crime, que leur exécution soit tenue secrette dans le souterrain, où restera à jamais enseveli le souvenir de leur existence. Fais amener Orestan pour lui signifier l'arrêt de sa mort. (*Roxelane sort.*)

ADRAMIR.

(*Aux eunuques.*) Vous avez entendu. (*Ils sortent.*)

SCENE XIII.

ADRAMIR, SOLIMAN.

SOLIMAN, (*à part.*)

PERFIDES, vous recevrez la juste punition de votre infidélité. Tu m'as trompé, cruelle amitié, vain fantôme que mon cœur a trop chéri. Un fatal destin pour prix de mon erreur me condamne à ne plus aimer.... Mais, hélas! me séparer de vous, qu'il en coûte à mon cœur, une voix plaintive s'y fait entendre, un sentiment de pitié m'afflige, et met tous mes esprits en suspens. Non,.... plus les coupables me sont chers, plus leur offense m'outrage, mon honneur exige votre mort. Adramir, obéis promptement à ma fureur vengeresse. (*Il sort.*)

SCENE XIV.

ADRAMIR, trois eunuques qui amenent ORESTAN.

ORESTAN.

Adramir, quel changement? moi amené devant vous comme un criminel?

3

ADRAMIR.

Orestan doit savoir s'il est coupable. Le Sultan m'a chargé de vous annoncer l'arrêt de votre mort.

ORESTAN.

O ciel ! la mort ! de quel crime suis-je donc accusé ? serois-je donc jugé sans être entendu ?

ADRAMIR.

Les maîtres du monde observent-ils cette lente justice ?

ORESTAN.

O bienheureuses contrées, où le respect de la loi est l'héritage de tout être qui pense ! Adramir, l'arrêt que vous me prononcez ne me causeroit aucun effroi, si ma conscience étoit timorée par le moindre reproche : ô toi ! qui du haut des cieux, vois le fond de l'abyme, qui lis dans tous les cœurs l'innocence et le crime, tu sais si j'ai négligé la vertu.

ADRAMIR.

Votre jeunesse Orestan, excite ma compassion ; mais, hélas ! elle est impuissante, je prends sur moi de vous instruire que le Sultan dit avoir de Zulima, une lettre, qui constate entre vous un commerce criminel.

ORESTAN.

Grand Dieu ! Zulima ! ô fatale destinée, m'as-tu donc réservé une victime immolée à la perversité humaine ? mère chérie ! A quelles souffrances ton ame ne sera-t-elle pas en proie, quand tu apprendras le déplorable sort d'Orestan ?

ADRAMIR, (à part.)

Je ne comprends rien à ce discours.

ORESTAN.

A peine ai-je pris connoissance des liens qui m'unissent à toi, que les noirs poisons de la calomnie m'en séparent pour jamais : Adramir, je t'en conjure, conduis-moi à Soliman, je veux lui arracher le bandeau.

ADRAMIR.

Cela n'est pas en mon pouvoir. Je suis sincérement touché de votre malheureuse destinée ; mais perdez l'espoir de la changer. Dans ces lieux, où regne la terreur, le cœur est fermé à la clémence. Entre l'esclave et le maître irrité il n'y a que la mort.

ORESTAN.

Veuillez donc me laisser quelques instans sur le bord de l'abyme, envisager la profondeur du gouffre qui doit m'engloutir. Accordez-moi la foible consolation de donner des larmes au sentiment de ma jeunesse sacrifiée, ainsi qu'au malheur de la vertueuse Zulima.

ADRAMIR.

L'arrêt de sa mort lui a déjà été prononcé.

ORESTAN.

Zulima ! le modele des vertus, la meilleure de toutes les Reines, perdre la vie ! ô justice éternelle ! les vues de ta sagesse sont inconcevables ! l'innocence succombe et le vice triomphe ! (plongé dans un instant de revêrie.) Tout m'est ravi, jusqu'à la consolation de faire à ma tendre mere, à ma chere Alzeda, mes derniers adieux. O ma bien aimée, divine amie ! notre séparation sera éternelle. Que n'est-il en mon pouvoir, avant que les ombres de la mort couvrent mes paupieres de te jurer, que mon dernier soupir sera pour toi ? . . . . . Mes yeux contemplent ton image, mon ame déchirée s'élance au-devant de toi, pour recevoir ton dernier adieu. . . Quel mot ! il est plus cruel que le trait de la mort. Moitié de moi-même, sois heureuse ! et que mon infortune soit la mesure de ton bonheur ! et toi, grande Princesse, qui vas aussi passer dans le séjour de la béatitude pour y recevoir le prix de tes vertus, la justice divine ne permettra pas que éternelles ombres couvrent ton innocence ; déjà je la vois reconnue, et son cri de triomphe sortir de nos tombeaux. Alzeda, qui fus l'ame de ma vie, que j'existe dans ton souvenir ! viens quelquefois repaître tes yeux de l'aspect de ma tombe, appelle mon ombre, réveille-là du sommeil de la mort, et que tes soupirs soient des sermens de m'être toujours fidele. Vous artisans d'iniquités, vous qui avez trompé un Sultan généreux, qu'un remords perpétuel déchire votre ame, que tous les tourmens de l'enfer s'accumulent sur votre tête ! . . . . mais, qu'ai-je dit ? si vous êtes susceptibles de repentir, si le ciel a pitié de vos larmes, hélas ! je meurs et vous pardonne.

ADRAMIR, (à part.)

O Dieu ! qui l'écoutez, veuillez étendre vos bontés sur cette belle ame !

ORESTAN.

Je touche au terme de mes peines, je le vois approcher ce moment avec un front calme et serein, résigné aux volontés du sort. Adramir ! remplis les ordres que tu as reçus ; l'unique faveur que je te demande est de porter à Alzeda mon dernier adieu. Dis-lui que je suis mort en lui jurant un éternel amour.

ADRAMIR, (*aux trois eunuques.*)

Vous avez entendu l'arrêt du Sultan, allez! (*les eunuques emmenent Orestan.*)

SCENE XV.

ADRAMIR, (*seul.*)

INFORTUNÉ jeune homme! non, le mensonge n'a point de sentimens aussi élevés. Moi, l'instrument de la fureur du Sultan; pourquoi ne puis-je que te plaindre? Pourquoi faut-il que ces principes d'humanité et de justice, gravés dans tous les cœurs, soyent comprimés dans le mien par le joug sacré de l'obéissance? Plut à Dieu que je pusse te soustraire à ton malheureux sort! j'admire le généreux pardon que tu as voué à tes ennemis. J'entends venir quelqu'un, c'est Alzeda, il faut éviter ses questions. (*il sort.*) Qui s'avance.

SCENE XVI.

ALZEDA, *seule.* (*une lettre dans la main.*)

LA douleur me suffoque, je vais le voir ce Sultan que la passion aveugle, je vais déchirer le voile épais qui cache à ses yeux la vérité. Droits sacrés et immortels du sang soutenez mon courage. Zulima! Orestan! vous allez être sauvés; (*une pause.*) ô momens douloureux! que vous paroissez longs à mon ame agitée par la crainte et par l'espoir. (*une pause.*) Il ne vient pas je me trouble, mes forces m'abandonnent! (*elle se jette dans une ottomane.*)

SCENE XVII.

ALZEDA, SOLIMAN, ROXELANE, ACHMET.

ALZEDA, (*elle se jette aux genoux du Sultan qui la fait relever.*)

AH! daignez m'écouter Seigneur. Orestan est votre sang, il est fils de l'infortunée Zulima, moi qui vous parle je suis sa sœur: nous sommes ces enfans malheureux qui fûmes nourris loin de notre mere, et que vous crûtes enlevés par un trépas prématuré. C'est à Zomar, c'est à sa courageuse humanité que nous devons la vie. Les vérités que je vous annonce, vous les apprendrez dans le contenu de cette lettre que j'ai reçue de Zomar.

SOLIMAN, (*il lit.*)

O ciel! soutiens moi ! ô Zulima ! ô Orestan, mon fils !
(*désespéré*) malheureux , qu'ai - je fait ! (*s'adressant à
Achmet*,) cours mon fils ! vole et sauve ton frere !

ACHMET , (*avec effroi.*

Orestan , mon frere ! (*il sort précipitamment.*)

SCENE XVIII.

ALZEDA, SOLIMAN, ROXELANE.

SOLIMAN.]

ALZEDA , ma fille , ma chere fille , dont les ciseaux
de la Parque devoient avoir tranché les jours , le ciel te
rend à ton pere ! il te rend à mes embrassemens ; combien les transports de ton ame éperdue ajoutent à ma
tendresse ! mon cœur se livre tout entier aux doux sentimens que tu y rappelles, hélas ! chere fille , j'ai été
trompé , c'est le sort commun des hommes , (*s'adressant
à Roxelane.*) Femme coupable , votre aspect m'attriste ,
et m'effraye. Mes sentimens pour vous font place à ce
que je dois à mon sang , à la vertu. Ma trop grande confiance a servi au succès de vos noirs projets , vos perfides insinuations ont plongé le fer meurtrier dans le sein
de deux innocens, repais toi de mes tourmens , vois mes
larmes , une réclusion austere vous attend, de cruels regrets abreuveront vos jours de fiel et d'amertumes jusqu'au moment où votre ame descende dans le ténébreux
séjour du crime ; que votre supplice porte l'effroi chez
tous les traîtres qui distillent dans les cœurs leur perfide
venin, et font le malheur des Princes et des peuples.
(*Roxelane se retire désespérée et levant les yeux au ciel.*)

SCENE XIX.

ALZEDA, SOLIMAN.

SOLIMAN.

ANGES gardiens de l'innocence , faites qu'Achmet ar-
rive à temps ! ô destins impitoyables , vous présentez aux
petits la coupe amere du malheur.

SCENE XX.

SOLIMAN, ALZEDA, ACHMET.

SOLIMAN, (*vivement.*)

MON fils ?

ALZEDA,
ACHMET.

Zulima respire.

SOLIMAN, (tendrement.)

Elle respire ! mais, quel nuage obscurcit votre front.

ACHMET.

Seigneur !....

SOLIMAN.

Ah ! que m'apprenez-vous.

ACHMET.

Ma voix expire sur mes levres.

SOLIMAN.

Je t'entens, j'ai vu l'éclair, j'attens la foudre.

ACHMET.

O douleur ! ô regrets superflus !

SOLIMAN.

Parle.

ACHMET.

Seigneur, Orestan n'est plus !

SOLIMAN.

O terre entr'ouvre-toi pour m'engloutir, jour affreux, ô tourment ! sort barbare, tu m'arrache mon fils !.... faut-il, Orestan que je t'aie donné la vie pour te la ravir, tu n'es plus : l'infernale ennemie de mon bonheur t'a immolé comme une victime. Cher fils, des reminiscences mortelles troubleront tous les jours mon existence.

ACHMET.

Seigneur, c'est moi qui suis le seul coupable, c'est moi qui ai versé le fiel dans l'ame de la Sultane, contre ce frere doué de toutes les vertus. Mere foible ! tu t'es abandonnée aux perfides conseils de ton aveugle tendresse. Cher Orestan, pardonne à ton plus cruel ennemi. O passion funeste, qui m'as égaré ! non, je n'étois point fait pour devenir barbare. Voici la Sultane Zulima ; cruel que je suis, comment pourrai-je soutenir sa présence ?

SCENE XXI.

Les précédens, ZULIMA, suivie d'ADRAMIR et d'Esclaves.

SOLIMAN.

O divin Prophète, mon cœur te donne mille bénédictions, je revois Zulima, ce trésor de mon ame m'est rendu. Pardonnez, Zulima les injustes excès auxquels mon cœur s'est livré, mes torts sont énormes, je le sais, j'en conviens, les efforts de la calomnie pour vous noircir à mes yeux, n'ont servi qu'à relever l'éclat de vos vertus. Accablez-moi des noms les plus odieux, mon outrage les mérite. Si pourtant Zulima à travers son res-sentiment daigne se souvenir combien je lui fus cher ; qu'indigne de son amour, je puisse au moins espérer son pardon. Plaignez chere Zulima, mon infortune, un sort cruel me poursuit. Plaignez le sort des Rois dont le trône est inaccessible à la vérité.

ZULIMA.

Je le vois Soliman ; votre bouche est l'organe d'une sincere douleur. Ah ! combien il est doux à mon cœur de se laisser fléchir. Vos regrets effacent le juste senti-ment de ma gloire offensée. Votre erreur a été involon-taire. Je chéris les devoirs et les nœuds qui m'attachent à vous.

SOLIMAN.

Combien tant de vertus rendent Soliman coupable !

ZULIMA, (s'adressant subitement à Alzeda qu'elle embrasse.)

Graces soyent rendues au très-haut, je retrouve donc ma fille qui a toujours été présente à mes regrets, je la retrouve dans Alzeda que j'aime. O nature ! tu ne me trompois pas quand tu parlois à mon cœur, chere fille ! un sort cruel t'a arraché de mon sein, un destin propice te remet dans mes bras, je n'ai pour exprimer un senti-ment si doux, que des pleurs à répandre. (s'adressant à Soliman) mais Orestan notre fils ? .... votre silence m'at-triste.

SOLIMAN, (versant des larmes.)

Hélas ! chere Zulima, je me fais horreur à moi-même, j'ai versé le sang de mon fils, j'appelle sur ma tête la vengeance du ciel !

ZULIMA.

Orestan n'est plus : les caracteres tracés de ma main ont causé sa mort ? mon fils, tu me quittes ; la vie sans toi n'a pour moi plus de prix. Misérable vertu ! nom stérile ! toi qui as réglé tous les mouvemens de mon cœur, n'as-tu pû résister à ma fatale destinée. (Elle tombe évanouie.) Oui, Soliman, tous les instans de ma vie vont être empoisonnés par de funestes pensées. Puis-qu'il ne me reste plus de consolation, accordez à ma douleur de reposer mes yeux sur les restes glacés de ce cher fils, et de les baigner de mes larmes ! chere fille soutenez-moi : (Elle sort accablée de tristesse avec l'aide d'Alzeda, et suivie de Soliman et d'Achmet.)

SOLIMAN.

Je succombe à ma douleur.

ACHMET.

Je vais en expiation déchirer mon ame à l'aspect de cette innocente victime, et lui rendre les derniers devoirs de mes éternels regrets.

FIN DU DEUXIEME ACTE.

ACTE III.

SCENE PREMIERE.
ZOMAR.

QU'ELLE jouissance. Qu'elle satisfaction j'éprouve de le voir arraché des bras de la mort. Quel bonheur que l'avis me soit parvenu à tems, et qu'une circonstance la plus désirable nous aie fait un pont d'or pour le soustraire du funeste décret sans paroître l'avoir violé, je ne trahirai point le secret, Adramir a ma parole ; mais je ne puis supporter l'idée qu'on me défere tout le mérite d'un service qui m'a si peu coûté. Tant il est vrai qu'une élévation aux yeux des autres non méritée, nous abaisse à nos propres regards, Orestan ne doit pas tarder. Je l'entens, le voici.

SCENE II.
ZOMAR, ORESTAN.
ORESTAN.

CHER et digne ami, ami de feu, créateur de mon existence, c'est en vain que vous voudriez me céler votre ardente sollicitude qui m'a sauvé. Que ne puis-je vous exprimer toute la chaleur de mes sentimens d'amour et de reconnoissance.

ZOMAR.

Qu'il vous suffise mon prince, que je suis heureux de vous voir jouir de l'astre qui nous éclaire. Un empire vaut-il le bonheur, c'est la vraie amitié qui le donne.

ORESTAN, (portant la main sur son cœur.)

Ami précieux, c'est celle qui est dans mon cœur.

ZOMAR.

Mais, parlons des beaux jours qui vont luire pour vous.

ORESTAN.

O R E S T A N.

Des beaux jours, ah ! il n'en est plus pour moi, l'image d'Alzeda anéantit dans mon ame tout le prix des plus grands avantages de la vie. (*regardant autour de lui*) Je les revois ces lieux chéris ou son souffle embaume l'air qu'on y respire.

Z O M A R.

Mon prince attendons tout du tems, rien ne lui résiste, le marbre, l'airain, il les dévore, et ne laisse aucune trace des orages qui s'élevent sur le cœur des pauvres humains : Voici la Sultane Zulima qui porte ici ses pas, elle ne peut pas encore être instruite de votre délivrance, qu'elle sera surprise !

S C E N E   I I I.

Les Précédens, Z U L I M A, ET UNE SUIVANTE.

Z U L I M A.

Ou suis-je ? que vois-je ? seroit-ce l'ombre de mon fils ?

O R E S T A N, (*s'approche et lui baise la main.*)

Non madame, c'est lui, c'est lui-même, transporté de la joie la plus pure, que votre ange tutélaire aie dissipé le nuage de l'erreur qui menaçoit vos jours, mere chérie que je perdis en voyant la lumiere, (*il l'embrasse*) je puis enfin vous donner ce nom si cher et si doux à mon cœur.

Z U L I M A.

O pleurs ameres, vous êtes changées en larmes délicieuses. Orestan respire, (*s'adressant à une esclave*) vas promptement porter cette nouvelle au Sultan. (*l'esclave sort*) Cher fils, dites moi quel bonheur inconcevable a pu vous arracher au cruel destin, (*l'esclave rentrant*) Voici le Sultan.

S C E N E   I V.

Les précédens, SOLIMAN, ALZEDA (*superbement vêtue.*)

(*Elle fait un mouvement de surprise, et envisage Orestan avec étonnement.*)

Z U L I M A.

Venez, Soliman, voyez votre fils : réunissons l'excés de notre contentement, le ciel nous comble de ses faveurs.

SOLIMAN, (*s'approche et embrasse Orestan.*)

Mon fils, mon cher fils ! Être des Êtres, reçois mes actions de grâces ; mais combien la reconnoissance est foible dans la bouche d'un mortel ! (*s'adressant à Zomar.*) Hâtez-vous de m'apprendre quel miracle de la justice suprême a protégé mon sang. Ô jour heureux, quel doux ravissement j'éprouve. Ô mon fils ! l'erreur et la passion sont le commun partage des Rois et de tous les humains ; mais c'est peu de reconnoître ma faute, je veux la réparer.

ORESTAN.

O le plus tendre des peres !

ZOMAR, (*au Sultan.*)

Seigneur, les destinées n'ont par permis la mort d'un Prince innocent. Dans l'obscurité de la nuit, à la lueur d'une trop foible lumiere l'exécuteur a fait une méprise, il est entré dans le cachot mitoyen à celui du Prince, où étoit détenu un esclave coupable d'un crime capital, il l'a exécuté sans se douter de son erreur. L'avis que j'ai eu des arrêts de votre hautesse a été pour moi un appel du devoir le plus sacré ; j'accours, je vois cette heureuse méprise, je me hâte de délivrer le Prince et de le faire monter par l'escalier dérobé en lieu sûr, d'où il s'est rendu ici.

SOLIMAN.

Cher Zomar, toute ma puissance ne peut égaler le prix du service que tu m'as rendu, que ne te dois-je pas, je te dois mon fils et le soulagement de mon ame jusques à ma derniere heure. Si mon pouvoir est grand, ma gratitude doit être sans bornes.

ALZEDA, (*à part.*)

O Dieu, protecteur du foible, soutiens-moi ! (*en ce moment ils se jettent avec Orestan des regards dérobés et baissent les yeux.*)

SOLIMAN, (*continue.*)

Oubliez épouse bien-aimée, et vous fille chérie, tout ce qu'un pere coupable vous a fait souffrir. Que nos jours s'écoulent dans les jouissances de la plus tendre union. Venez chere Zulima, image de l'innocence et de la paix, qu'à nos tourmens succedent des jours sereins et sans nuages ! que sur mon trône assise auprès de moi, l'univers vous contemple et soit témoin de mes regrets.

ZULIMA.

Ils sont sinceres, je le vois, mon cœur vole au-devant des épanchemens du vôtre, vous me rendez plus heureuse de tout le prix que l'infortune ajoute au bonheur. Allons, Seigneur, faisons partager votre joie à tout le palais.

(*Soliman et Zulima sortent, les esclaves se suivent.*)

SCENE V.

ORESTAN, ALZEDA.

ORESTAN.

BELLE Alzeda, pourrai-je vous peindre les tourmens que m'a fait éprouver la pensée que l'éternité alloit me séparer de vous ? Mais vous voir, vous parler, vous entendre effacent mes douloureux souvenirs. Alzeda régnera à jamais sur mon cœur, rien au monde pourroit-il me séparer d'elle ? (*il lui baise la main.*) mais jusques à quand Orestan attendra-t-il de votre bouche le même aveu.

ALZEDA.

Orestan, vous troublez la joie que j'éprouve de votre heureuse libération. Que de mouvemens divers agitent ce cœur qui ne respire que pour vous ! ô ciel ! qu'ai-je dit ?.... cruel vous abusez de ma foiblesse et de votre ascendant.... avez-vous donc oublié que les liens du sang ?.... Ah ! je dois fuir votre présence, je dois me fuir moi-même. (*Elle sort.*)

SCENE VI.

ORESTAN, (*seul.*)

Tant de vertus m'accablent ! quelle douceur ! quel courage ! quel empire sur elle-même. Pourquoi cela est-il au-dessus de mes forces. Cruelle tu fuis Orestan, tu le fuis : je t'admire et ne puis t'imiter.

SCENE VII.

ORESTAN, ZOMAR, OSANAM.

ZOMAR.

PRINCE, que votre ame s'ouvre à la douce espérance ! Voici M. Osanam, porteur d'une nouvelle qui va vous ravir ; mais c'est en présence de Soliman et de Zulima qu'il veut s'expliquer. Ah ! je les vois venir.

SCENE VIII.

Les précédens, SOLIMAN, *conduisant* ALZEDA et ZULIMA.

SOLIMAN.

VENEZ cher fils, pour être présenté aux yeux du peuple avec Alzeda, et reconnus nos légitimes enfans.

ZOMAR.

Seigneur, Orestan peut seul jouir de ce privilége.

ZULIMA, (*avec surprise.*)

Qui peut disputer à ma chère fille, un droit qu'elle partage avec Orestan ?

ZOMAR, (*s'adressant à Soliman.*)

Cet ami Seigneur que je vous présente M. Osanam, ancien militaire, et riche propriétaire de la Campagne. Vient de me révéler un secret de la plus haute importance. Madame n'est point votre fille, mais cette découverte n'ôte rien à sa qualité, elle est d'un sang royal.

ZULIMA.

O caprices du sort ! c'est donc ainsi que vous vous jouez des foibles mortels ! quoi ? Alzeda ma fille depuis quelques instans ne sera plus ma fille ?

ALZEDA, (*à part.*)

Dieu tout-puissant ! quel moment, à peine je respire.

ZOMAR.

Osanam approchez : faites vous-même part de votre commission, et de toutes les particularités que vous m'avez communiquées.

OSANAM, (*en s'inclinant.*)

Seigneur, je suis le confident à qui Zomar remit la fille de la Sultane Zulima, cet enfant mourut au bout de six mois, notre douleur fut extrême, nous prenions à la conservation de cet auguste rejeton du trône, un intérêt aussi vif, que Zomar qui nous avoit jugé digne de cette confiance. A cette époque la fille d'Usam Cassam, Roi de Perse, fut amenée secrétement à Constantinople, pour être sauvée des mains parricides de son frere Jacub, usurpateur du trône, c'est à moi qu'elle fut remise, avec une somme d'argent, sous l'engagement de lui tenir pour toujours lieu de pere, sans jamais lui révéler le secret de son origine. Je suspends ici mon récit, Seigneur, pour implorer votre commisération en faveur de l'aveu que je dois vous faire ! ... Les deux Princesses étoient assez ressemblantes et du même âge, je ne puis résister au desir de dérober à Zomar, le chagrin que lui causeroit la perte d'Alzeda, et d'assurer à la Princesse Persanne, un sort convenable à sa naissance, je lui remis donc cette Princesse à la place d'Alzeda. J'ai long-temps expié ma faute, de cruelles anxiétés avoient banni de mon cœur le calme et le repos.

ORESTAN.

Bontés célestes, vous me rendez la vie ! (*tous manifestent un grand étonnement.*)

OSANAM, (*continue.*)

Le conseil de régence de Perse, ayant pris connoissance qu'une fille d'Usam Cassam, dernier Roi légitime avoit été transférée ici, l'a nommée pour succéder au trône au cas qu'elle fut vivante. Je suis venu informer la Princesse Alzeda de la fortune où l'appelle sa naissance. Voici, Seigneur, les dépêches que j'ai reçues de Perse, (*il donne un papier à Soliman, qui en fait lecture.*)

SOLIMAN.

Rien n'est plus sûr, ces missives d'Hispahan sont authentiques, Alzeda est parfaitement désignée, par une marque au coin de l'œil. Ceci est quelque chose de merveilleux. Princesse recevez nos félicitations ! la vertu sous le diadême est le plus digne ouvrage du Dieu qui éclaire l'univers, il vous y place pour le bonheur de l'humanité, (*s'adressant à Osanam.*) Osanam, vos sentimens expiatoires satisfont la vengeance céleste, et la justice humaine, ce grand jour que le ciel favorise doit être un jour consacré à la clémence, recevez l'assurance de votre grace. (*Osanam s'incline profondément.*)

ZULIMA.

Arbitre des mortels, ne me l'avez-vous rendue que pour me la ravir encore ?

ALZEDA.

Mon ame ravie est hors d'elle-même ; peut-elle suffire à cette succession rapide de choses qui se présentent à mon esprit comme un rêve embelli des prestiges de la plus brillante fiction.

ORESTAN.

Ce rêve belle Princesse est encore couronné des attraits de la plus flatteuse réalité, il fera mon bonheur ; s'il m'est permis d'avoir la douce espérance que la Reine de Perse, conservera les sentimens qu'elle eût dans l'esclavage pour Orestan ?

A L Z E D A.

Orestan dans ses chaînes me fût toujours cher, toute ma vertu n'a pu lui ôter mon amour. J'ai déploré sa destinée, quand j'ai cru être sa sœur , aujourd'hui que je puis avec ma main lui offrir une couronne, mon cœur n'a plus rien à désirer. Oui, Prince, vous êtes le seul mortel avec qui j'eusse partagé le trône, il tire tout son éclat de l'espoir de vous y voir assis avec moi.

O R E S T A N.

Reine magnanime, c'est en vain que la reconnoissance veut disputer mon cœur à l'amour, ce cœur est à vous dès mon aurore, c'est le seul tribut digne de vous être offert.

A L Z E D A.

Je l'estime au-dessus de tous les biens ce trésor ; vous en recevez le prix aujourd'hui , Seigneur, si le Sultan et la Sultane favorisent nos vœux.

S O L I M A N , (*s'adressant à Alzeda.*)

Oui, chers enfans, le ciel a épuré vos feux , que l'hymen les justifie, il couronne en vous Alzeda, la gloire de votre sexe dans l'obéissance que vous avez su imposer à la plus impérieuse de toutes les passions.

Z U L I M A.

O ma fille, ma chere fille ! la crainte d'être séparée de vous fait place dans mon cœur, au sentiment délicieux de votre bonheur commun.

O R E S T A N.

Ah ! je ne puis exprimer celui que je ressens, c'est trop de joie qu'à cet amour qui a essuyé tant de traverses succedent les jouissances de la plus constante intimité.

A L Z E D A.

Oui, cher Orestan, nos cœurs à jamais inséparables se diront sans cesse l'un à l'autre, qu'il est doux de voir dans l'objet qu'on aime, l'objet qu'on doit aimer.

S O L I M A N.

Créateur de la nature entiere , ta gloire est dans tes bienfaits. De l'événement le plus horrible , tu fais éclore d'une part le bonheur le plus désiré et de l'autre , tu me rends une tendre épouse, un fils chéri. Je reconnois ta main puissante à des dons si précieux. Allons offrir à ce Dieu d'une immense bonté, une sainte et mémorable offrande.

ZULIMA.

Venez, chers enfans ! la fortune lie deux cœurs que la plus forte sympathie avoit unis. Roi du monde veille sur leurs jours ! soleil n'éclaire ici que des mortels heureux.

ORESTAN, (*prenant la main d'Alzeda.*)

O momens pleins de charmes ! je passe des plus cruelles épreuves aux sentimens les plus purs de l'amour et de la nature. Allons tous mes amis adorer l'auteur de ma félicité. (*ils sortent.*)

OSANAM, *dit à* ZOMAR.

Partageons cher ami, les transports de leur contentement. Que votre cœur dans ce séjour fortuné reçoive la récompense qui fut toujours le partage de l'homme vertueux.

FIN.